記憶の扉

―「生い立ちの記」より

母、その九十六年の記録

花村幸子
HANAMURA Sachiko

文芸社

目次

私の日常

母の介護

時計を見ると、午前十時二十分になっている。早く朝食の後片付けを済まさなければ。

私は姉と二人で母の介護をしている。土曜日は姉が出掛ける日なので、私は同じ敷地内に建っている母屋の二階にいる母の世話をする日だ。母の介護は二〇一六年九月頃から始まった。はじめのうちは家族だけで介護していたが、とても大変で、ケアマネジャーさんに相談してヘルパーさんに来てもらうことにした。それからは少しずつ母の介護が順調にいくようになり、軌道にのってきた。ヘルパーさんが午前十時三十分に来てくれるので、それまでに母屋の玄関の鍵を開けて、ヘルパーさんを出迎えなければならない。

急いで食器を洗い終え、午前十時二十五分に母屋の鍵を開けて中へ入る。階段を駆け上がり、二階にある母の部屋の雨戸を開けて風を入れる。母が目を覚ましたので、

「おはよう」と声を掛ける。午前十時三十分にヘルパーさんを迎え入れ、母屋一階の台所へ直行。母の朝食の支度に取り掛かる。

カップにミルク味の栄養ドリンクを注ぎ、皿に小さく切ったパンをのせ、細かく刻んだ野菜の器とフルーツ入りのヨーグルトのガラスの器を、お盆の上に並べる。このお盆は百円均一ショップで買ったもので、食器がすべらない。

ヘルパーさんにはトイレの介助をしてもらっていて、およそ三十分かかる。ヘルパーさんが帰ったあと、朝食一式を用意したお盆を持って二階へ行く。そして母が朝食を終えると、私はいつもの一冊のノートを取り出す。

このノートに、母がこれまでにどんな人生を過ごしてきたのか、母の生い立ちから過去に印象に残っていることなどを、母が思いつくままに話してもらい、それを私が書き留めるのだ。母の人生を知ることが、ひいては今の私にもつながることであり、母の口から聞かなければ私は何も知らないままになってしまうのだ。

話をしているうちに、母は昔のことを思い出す機会が増え、次から次へと記憶が呼び覚まされて話の内容が鮮明になっていった。本当は順を追って話してくれれば書き留めるのも楽なのだが、母の話はあちこちに飛んだ。

戦時中、疎開先で姉を身籠っていた母に、隣の家のおばあさんが手招きをしているので出て行くと卵や食べ物を分けてくれた話をしているかと思うと、父と宮島を旅行した時の話に変わっている。

「パパと旅行しても全然おもしろくないの。『あれ綺麗ね！』と言っても、『うん、そうだね』、『これ美味しい魚じゃない！』と言っても『うん、そうだね』。何を言っても『うん、そうだね』しか言わないんだもの。子供達が一緒のほうが、ずっと楽しいわ」

私が母の介護をするのは、姉の都合でもっと多くなることもあったが、通常は週に四日だったので、そのたびにノートは少しずつ埋まっていった。

昼の十二時三十分頃、母のトイレを済ませてから我が家に戻り、昼食の支度をする。夫と二人の時は二人分、息子の仕事が休みの時は三人分の昼食を作る。作っている最中や食事をしている時でも、母から電話が掛かってくる。

母の枕元には携帯電話を置いていて、ボタン一つ押すだけで、我が家の電話につながるようになっている。

「ちょっと来てちょうだい！」

その度に、やっていることを中断して母屋の玄関の鍵を開け、痛い腰をさすりながら階段を上る。昼に我が家に戻る前に、菓子のボーロを十粒ほど母の左手に握らせておく。それを母は右手で一粒ずつ取って口に入れる。本当は喉に詰まらせる恐れがあるので心配なのだが、母を一人にして我が家に戻りにくいという本心もある。ボーロをゆっくりと味わいながら食べるのが母のささやかな楽しみなのだが、電話を掛けてきて「ボーロがもっと欲しい」と言う時もあれば、トイレの時もある。

午後四時三十分にもヘルパーさんが来てくれるので、その五分前に再び母屋の玄関の鍵を開け台所でお三時の支度をする。母の食事は朝食、夕食の二回で、その間のお三時で大好きなお菓子を食べ、水分補給もする。

ヘルパーさんが帰るのを見送ってから、飲み物とカステラなどの菓子をのせたお盆を持って二階へ行く。この時は母に昔の話を聞いてノートに書き留めることはしない。親切で優しいヘルパーさんとの会話や、最近のテレビでの報道や母の体調などを話題におしゃべりをする。前日が自宅でお風呂に入れてくれるケアサービスの日だったので、

「昨日はお風呂、気持ち良かったでしょう？」

と聞くと、

「それがね、血圧が低すぎたの。それで身体を拭いてくれたわ。前は血圧が高いから入れなかったけど、低すぎても入れないのね」

と言った。また母は、

「友達がみんな死んでしまって、あたしだけが残っているの」

とよく話す。

「ママは長生きだからね。百歳まで頑張ってよ」

と私は笑う。

こんな感じで介護の一日が終わる。午後六時三十分頃、私は我が家に戻りすぐに夕食の支度だ。

夕食を食べ終わると、さすがにがっくりと疲れてしまう。お風呂の中で眠ってしまう時もあった。

ある晩、夕食後に食卓左側の柱にもたれて寝てしまった。目が覚めるとテレビが勝手に映像と音を流している。夫も食卓の向こう側で眠りこけている。時計を見ると、なんと深夜の零時を過ぎていた。

私はびっくりして飛び起き、慌てて食卓の上にあった食器を両手に持ち、台所へと向かった。しかし、ずっと眠っていたので身体全体がすっかり脱力してしまっている。足がもつれて台所の床で派手に転び、両手が塞《ふさ》がっていたので顔からもろに倒れ込んだ。夫が後ろで、

「あーびっくりした。大丈夫?」

などと言っている。大丈夫どころではない。食器は割れなかったが、私は左頬を強打し、唇を自らの歯で傷つけてしまった。ただ幸い鼻は元々低かったので大事に至らず無事だった。

それから一週間は私の顔の左頬には青アザができ、唇は紫色に腫れ上がった状態だった。

一週間のうちの介護に行かない三日間の一日は、夫の通うスポーツジムへ付いていく。夫は十年くらい前に心臓のバイパス手術を受け、そのリハビリとしてジムに通い始めた。夫がジムで運動をしている間、私は銀行や郵便局の用事を済ませたり、買い物をしたりカフェで友人に手紙を書いたり読書をしたりして過ごしている。夫がジムでの運動を終えると夫と落ち合い、蕎麦屋で昼食をとるのがお決まりのコースである。

「今日は自転車こぎがなかなか空かなくてさ、待ってたから時間が遅くなっちゃった」

「トレーニングマシーンの数が少なすぎるんじゃないの?」

「スマホ見たりしてるんだよ、全く!」

あまりきつい運動は心臓に良くないので、夫が使用できるトレーニングマシーンは限られているようだ。

この一日が私にとっては、ささやかではあるが誰にも縛られず、自分だけに使える貴重な息抜きの日である。

早朝の騒動・母の死

母を家で介護する日々が続いていた。その間、母にはいろいろなことが起こった。ベッドから何度も落ちたり、ベッドで横になっていて何度声をかけても反応がなかったり、血尿が出たりして、そのたびに救急車のお世話になった。

ある朝のことだ。姉は出掛ける日だったので早めに起き母屋一階のトイレに行くと、母がトイレの中で蹲《うずくま》っていた。姉がどれほど驚いたか容易に想像できる。その頃の母の身体の状態はというと、歩くのは疎《おろ》か立つこともできなかった。それでもその朝、母は目が覚めるとトイレに行きたいと思い、しかも「一階のトイレに行かなくちゃ」と思ったのだ。ベッドの横にも簡易トイレがあり、二階の母の部屋を出てすぐの所にもトイレがあるのだが。

母の寝室の出入り口は二つあり、そこを出るとどちらも二畳ほどの板の間があって、その先に階段がある。トイレのある板の間の方の階段は一直線に下まで続いており、もしこちらを下りようとしたら、とても危なかった。幸いにも母が下りたのはもう一方の階段で、傾斜も緩やかで途中に踊り場があり、向きが反対になった階段だった。その階段を下りると納戸があり、納戸を過ぎてさらに長い廊下を進んだその先にトイレがある。その長い道のりを母は這っていったのだ。

母がトイレに這っていった朝、私が母の所へ介護に行くと、母はすぐにこう話した。

「私、朝頭がおかしかったの。トイレが横にあるのに、下のトイレに行かなくちゃと思ったの。頑張って這っていて、自分でもどうしてこんなことをしているのかと思いながら、やめられなかったの」

と言った。私が、

「よく、あんな所まで行けたね！　すごいじゃない！」

と感心したように言うと、母は、

「なんだか寝て起きた時が、一番頭がおかしいのよ。なぜかしら」

と首を傾げた。


母は介護に来てくれるヘルパーさん達ともすっかり打ち解けておしゃべりをするようになった。本来は家族以外の人に対して人見知りな母であったので、全くの他人である介護の人が家に入ってきて、トイレの介助などをしてもらうということを、果たして母が受け入れてくれるかが心配だった。介護してくれる人が女性ならまだしも、男性もいるのだから。

だが、いざ始めてみると思ったよりもすんなりといき、母はヘルパーさんと楽しそうにおしゃべりするようになった。昔、踊りなどをやっていた話をして、ベッドに寝たままで踊りの身振り手振りをしてみせたり、口三味線で唄を歌ったりしたので、ヘルパーさんは「すごい！」と感心していたという。

母は以前から、歌舞伎の話題になったりすると、『白浪《しらなみ》五人男』などの名台詞をすべて覚えていて、見事な抑揚をつけて姉や私に披露したものである。台詞を覚えてしまうほど、母は養母とたびたび歌舞伎を観に行っていたことになる。

母は食欲があり食事はよく食べた。ただベッドに座らせようとしても身体が後ろに倒れてしまうので、私もベッドに上がって母の後ろに回り、私が椅子代わりになって支えて食べさせた。三時のおやつの時にもお菓子をよく食べ、追加して持っていってもすぐに食べてしまい、「何かおいしい物が食べたい」と言う。

また、電話を掛けてくる回数は、多い時には一日百回を超えた。夜中の二時四十五分に掛けてきた時は、「姉の方に何度電話してもつながらない。どうやって連絡したらいいのか」というものだった。私がお風呂やトイレに入っている時も、電話は鳴り続けた。

約二年間、家で介護した後、姉の家族とも話し合った結果、母を家から車で十分くらいの所にある有料老人ホームへ入所させることにした。家での介護に限界を感じたからである。親が若くして出産すると子供と親との年齢が近いので、親を介護する時、子供も年をとっている。この時、母は九十六歳で、姉は七十二歳、私は六十八歳だった。私は腰の痛みがあまりにひどいので整形外科を受診したところ、腰椎が骨折していた。

母は身体のほぼすべての筋肉が全くなくなってしまったため、母の身体を起こす時は私の首に母の両手を掛けさせて起こしている。トイレの便座に座らせるにも腰を使う。そのため、腰の痛みで私の歩く格好はとても見られたものではなかった。

また、姉は以前から心臓の具合が良くなかったのだが、いつまでも放置しておくこともできず、入院して手術をすることになった。

母はホームへの入所を嫌がり、私達もとても辛い決断ではあったが、姉と私が迎えの車に一緒に乗り込み老人ホームへ入所した。そこはすべて個室になっていて、八畳くらいのスペースにトイレ、洗面所も付いており、清潔な感じだった。着いてからもしばらく部屋にいて、母が眠った後、二人で帰ってきた。目が覚めた時の母の気持ちを思うと、とても心が痛んだ。

それからは月二回のペースでホームにいる母を訪ねた。その時には、ホームに入居している人達がみんなで分けて食べられるような菓子や果物を持参した。はじめのうち、皆と一緒にいる時に訪ねて行くと、母は嬉しそうにして、「下の娘なの」と周りの人に話したりしていた。

それから何ヶ月かが過ぎ、食事の時間をはずして母が部屋に一人でいるところを訪ねた。

すると母は私の顔を不思議そうに見て、

「あんた、誰？」

と言った。あんなに記憶力に優れ、頭もはっきりしていたのに。こうなるかもしれないとある程度覚悟はしていたものの、かなりの衝撃を受けた。

前のようにそばにいて、いろいろ話しかけていれば、こんなことにはならなかっただろう。

母は有料老人ホームに八月に入所して、翌年の二月二十八日まで暮らした。記憶の方は失われたが、身体の方は変わりなく元気に過ごしていた。その後、申し込んでいた特養老人ホームに空きができ三月から入所したのだが、食事や環境が変わったためだろうか、二週間後、体調の変化があったということで病院に移された。そして二〇一九年四月四日に息を引き取った。

九十七歳の誕生日の十二日前だった。

ギターサークル

母の葬式を済ませ、しばらくの間は何も手に付かない気分で茫然とした日々を送っていた私だったが、ふと手にした「区のお知らせ」の会員募集の欄で〝ギター合奏サークル〟を見つけ、参加を決めた。そのサークルは十年以上続いていて、メンバーの人達は皆とても上手で合奏のレベルも高かった。私は高校の時、友人五人と文化祭か何かでフォークソングを披露したことがある。また、大学ではギターアンサンブルに所属していた時期もあった。結婚後はボサノバギターやフラメンコギターも習っていたが、介護が始まってからは何年もギターを弾いていなかったので、果たして仲間の人達の演奏についていけるか心配だったが、以前からやりたかった合奏である。サークルの合奏では私は主に伴奏のパートを担当した。メロディを聴きながらそれに強弱をつけて伴奏すると、曲が立体的になってワクワクした。

サークルで行うデイホームなどでの演奏会にも参加した。聴いてくれる人達がいることが嬉しかった。介護で何もできなかった分を取り戻したいと頑張った。

新型コロナウイルスの流行

母が亡くなった二〇一九年の暮れに、息子が結婚して家を出て行った。息子が結婚式を挙げる頃には、新型コロナウイルスが流行し始めた。二〇二〇年一月にダイヤモンド・プリンセス号で多くの人が感染し、得体の知れない未知のウイルスに、誰もが恐れおののいた。芸能人やスポーツ選手などにも感染が広がり、テレビでは「ステイホーム」が連呼された。外出する際にもマスクを二重に付けたり、消毒用のアルコールスプレーを持ち歩いたりした。

せっかく始めたギターの合奏サークルもお休みとなった。外出といえば、夫と二人で近くのスーパーマーケットに買い物に行くしかない。その行き帰りに、時々見かける老夫婦がいる。そういう我々もほかの人から見れば間違いなく老夫婦である。

その老夫婦は、八十代に思えた。ご主人が自転車を押しているのだが、とてもやせていて足元がおぼつかない。そしてご主人よりもかなり体格のいい奥さんが、自転車の荷台につかまって歩いている。二人とも足どりが危なっかしいのだが、奥さんの歩き方は普通ではなく、明らかに脳の病気の後遺症と思われた。こちらから見ていて、ハラハラする。

「大丈夫かしらね。あれじゃあ、おじいさんが自転車ごと倒れて、二人とも怪我しちゃうんじゃないかしら」

と私が夫に小声で言う。

「車椅子に乗せて押した方が楽だろうに」

「二人だけで暮らしていて相談する人とかいないのかしら」

「歩く練習をしているのかもしれないね」

その老夫婦は長い時間をかけて、少しずつ進んで行った。


息子が結婚して家を出て行って息子の部屋が空いたので、私は息子の部屋を自分の部屋として使うことにした。息子は衣類以外は置きっ放しであったが、それでも比較的整理整頓されていたので、多少物の移動をしただけで片付いた。ＣＤとプレーヤーデッキを持ち込み、机と椅子もセットした。壁には海の写真と猫の写真と、あるピアニストの写真を貼った。こうして私だけの好みの部屋、空間が出来上がった。

一人で落ち着ける場所ができたので、母の話を書き留めたノートを見ながら、母の九十六年の生涯を少しずつ順を追ってまとめ始めた。

母が暮らした三階建ての家の造りなども、母が詳しく覚えていたので各階ごとに見取り図を描いた。家の電話番号は三四六二で、都電（万世橋から水道橋、飯田橋を通って新宿まで）の番号と同じだった、などの話もしていた。

夫の買い物の極意

相変わらずコロナ禍のため今日の外出も近くのスーパーマーケットである。夫と二人でスーパーマーケットに行き、店のカートの上下にカゴを置いて、メモを片手に買い物を始める。時刻は午後二時頃で店内は空いていた。買い物は混雑する時間帯を避け、回数も減らした方が良いらしいのである。上からのお達しである。

さて、夫と二人で買い物に行って、嫌なことがある。夫は箱に入っている商品のフタを開けて、中の容器を確かめるのだ。我が家は炒め物に使う油のほかに、食卓でサラダなどにかけるエゴマ油を使っている。その油の瓶が透明でないものが欲しいのだが、紙の箱に入っていて中の容器がわからない。それでフタを開けて確かめるのだ。また、リンゴなどの果物の場合、厚紙でできた容器に載ったリンゴの上の段に気に入ったものがないと、その下の段を探す。すぐ近くで店の人が作業をしているので、私が上の段にある中で良さそうなのを指し示し、「これでいいんじゃないの」と言っても、「同じ値段なんだから、いいのを買った方がいいよ」と容赦ない。利用客のブラックリストに載っているかもしれない。

私は空いた時間を見つけては、母の話を書き留めたノートをもとに、母の生涯をまとめ直した「生い立ちの記」を書いている。母は幼い頃からお稽古事をたくさんしていたようで、私はとても羨ましく思った。私は子供の頃、ピアノが習いたかった。けれどピアノという楽器が高いとわかっていたから、結局言い出せないまま過ぎてしまった。

私はいつも何かを我慢している子供だった。ピアノを諦めた私だったが、家にあったギターを弾き始めた。そのギターは姉が父に買ってもらったものの、手が小さいのと指先が痛くなる、などの理由で弾くのをやめてしまい、使わなくなったものだった。そのギターはスチール弦が張ってあり、表面板には光沢のある貝のような飾りが付いていた。しばらくすると父がナイロン弦の張ってあるクラシックギターを買ってくれた。

母の「生い立ちの記」は女学校時代まで書き進んだ。

運転免許更新

我が家の隣家はご夫婦が高齢となり、娘さん一家と同居することになり空き家となってしまったが、その庭に見事な芍薬が咲いている。そして鳥の楽園となり、スズメはもちろんのこと、ヒヨドリやオナガなども飛び交っている。

コロナのため、相撲の大阪での三月場所は無観客、五月場所は中止となった。名古屋での七月場所は力士の移動によるコロナ感染を防ぐため、東京の国技館で行われ、しかも無観客だった。相撲が始まっても感染者が多く相撲部屋の中の一人が感染すると、その部屋の力士全員が休むので、出場する力士の人数が少なくなって取組数がどんどん減っている。プロ野球もチームの主力選手が何人も感染し、試合そのものができない事態に陥った。

二〇二〇年五月、私は運転免許の更新時期に入っていた。高齢者なので、まず近くの自動車教習所で検査や実車指導などの高齢者講習を受けようと電話をしたが、コロナ感染対策でしばらく教習所は休みだという。そうなると更新期限を過ぎてしまうので、その前に警察署に赴き、二ヶ月先まで更新期限の延長を申し出た。

その後、感染状況が少し下火になって教習所が再開された。私は予約をした日に教習所へ出掛けた。私のほかに十五、六人が集まっていた。目の奥行知覚などの検査の後は実車である。実は私はこの日に備えて、運転の予習をしていた。今、我が家に車はないのだが、ＪＡＦから届く広報冊子の中に連載されていた初心者用の運転技術を書いたページを切り取っておいて、それを熟読した。そして頭の中でイメージトレーニングを繰り返して、バックする時のタイミングなども頭にたたき込んだ。それからボール紙を円形に切ってハンドルもどきの物を作って真ん中に穴をあけ、そこにステッキを突っ込んで、ハンドルさばきの練習をした。

さて、いよいよ実車である。乗る前に、全員に対してどのくらいの頻度で運転しているか質問があった。

「毎日の人は？」

「週に一、二回の人」

「月に数回の人」、などと聞かれ、それぞれ該当者が手を挙げた。

「しばらく運転していない人は？」と聞かれたので、私は手を挙げた。

「どのくらい乗っていませんか？」

「二十年です」と私は正直に答えた。すると、そこにいたほぼ全員が、教官の人達も含めて、あっけにとられた顔をしていた。

その後、グループに分かれて実車することになった。教官は四人だった。三人は年配の男性だったが、一人は若い女性で女優の菜々緒さん似の美人である。全身が黒ずくめで、プロポーションも抜群だ。私は綺麗な女の人が好きである。そして運良く私はその女性教官の車に乗ることになって、俄然テンションが上がりやる気が出てきた。

運転席に乗り込み、まずはルームミラーをもっともらしく、ちょっといじる。マニュアル車ではなくオートマ車なので、半クラッチも必要なく大変楽である。ボール紙のハンドルで練習したから、ハンドルさばきも上々。カーブの少し手前で減速し、カーブでは軽くアクセルを踏み、バックも難なく決めた。

こうして高齢者講習が終わり、後日、私はやっと正式に警察署へ免許更新に出掛けたのである。

お盆の最中でみんな遊びに出掛け、手続きに来る人は少ないだろうと思ったら、予想に反して、到着すると建物の壁伝いに長蛇の列ができている。後でわかったのだが、この夏で一番暑い日だった。コロナ禍でなければ真夏に来ることはなかったのだ。前後を見回しても、ほとんど若い男女ばかりで私のような年齢の人は、後ろの方に男性が一人いるだけだ。皆スマホを見たりして文句一つ言わず、静かに立って待っている。彼らは並ぶことに慣れているのだろうか。彼らの我慢強さに、つくづく感心してしまった。

こうして日盛りの中、マスクをしたまま私は辛抱して立ち続けた。日傘を持ってきて良かった。これがなかったら、ぶっ倒れていたかもしれない。係の人が手製の団扇《うちわ》を配ってきたが、そんなもので凌《しの》げる暑さではない。

二十分くらい経った頃、建物の中での講習が終わったのか、急に列が動き出す。やっと入り口の近くまでたどり着いたが、またそこで止まってしまった。入り口の所に大型扇風機が置いてあり、フル稼働している。涼しいというより、強風すぎて息ができない。目もシパシパする。

再び列が動き出し、私はやっと建物の中に入ることができた。若い人達は講習室へと消えていき、中はガラガラで、その涼しいこと！　外とはまるで別世界である。待つことなくすぐに目の検査を受ける。双眼鏡のような機械である。目の検査が終わり、左方向への横移動で写真撮影をする。あっという間に済んで五分ほど長椅子に座って待っていると、係の人が免許証を持ってきてくれた。その写真を見て愕然《がくぜん》とする。すごいおばあさん顔である。暑さと待ちくたびれたところにもってきて大型扇風機で髪は乱れ、直前までしていたマスクの跡がヒゲのように顔に付いているではないか。そう言えば以前は写真を撮る前に、少し時間があったような気がする。前の人が撮っている間に、大きな鏡で髪や身だしなみを整えたりできた。待ち時間が長すぎたにもかかわらず、更新手続きが順調すぎたのだ。警察署の人にとっては本人確認ができれば良いのだから、どんな顔に撮れていようと、お構いなしである。がっくりと肩を落として家路についた。

帰ってから早速、夫に免許証を見せる。

「すごくひどい顔に撮れちゃった」

夫は、「どれどれ」と私が差し出した免許証を受け取って、しげしげと見てから、

「別に普通じゃん」

えー!! 何だって? 普通? 私は普段から、こういう顔をしているのか?

昔から免許証の写真は気に入ったことがない。それでも前の免許証の写真を見ると

若いし、今よりはずっとマシだと感じる。今までの免許証は私の顔の変貌の記録だから記念にとってある。

母の生涯を「生い立ちの記」として書き続けている。いよいよ戦争の時代へと移ってきて、母の生活は一変した。この時代、誰しもが戦争への恐怖と不安を抱えながら生きていたのだろう。ただ先が見えないからといって、現状にとどまっていては一歩も先に進まない。こういう時こそ、決断力と行動力が必要なのだとつくづく感じた。

コロナワクチン接種

二〇二一年の半ばからコロナワクチン接種が始まり、電話予約をして、当日は夫と二人で時間に余裕をもって出掛ける。ワクチン接種の会場には電車でも行かれるのだが、最寄り駅から会場まで七、八分歩かなければならない。それよりは近くの大通りへ出て、タクシーを拾った方が時間的に早く着く。大通りで会場方面のタクシーを拾った。

タクシーが会場に着いた。料金は五百円だった。夫は千円札を出し、「お釣りはいいですから」と言って颯爽と車から降り立つ。

そしてまだタクシーが発車していないのに大きな声で（夫は日頃から言葉が鮮明で声が大きい）「千円あげたから喜んでたよ‼」

私が「しーっ‼」と言ったが、おそらく聞こえた。

このコロナワクチン接種だが、夫は接種後も通常と変わりなくピンピンして元気なのだが、私はいつも副反応がひどい。接種した日の夕方からひどい悪寒と三十八度五分以上の熱が出て、節々が痛み接種した方の腕が上がらなくなる。そのため接種後は必ず二日分の食事を買うという段取りとなっている。

今回もワクチン接種を終えて会場を後にし、近くのコンビニエンスストアに入った。二人にしては多すぎるくらいのお握りやサンドウィッチ、サラダ、弁当などを買い込み、ちょうど通ったタクシーを夫は手を挙げて止めた。そして乗り込む前に、運転手さんにこう聞いたのだ。

「一万円で、お釣りありあります?」

「ありますよ」

「うちは○○の近くなんだけど、一万円を渡すので、八千円のお釣りを貰えます?」

運転手さんはびっくりである。

「えーっ!! いいんですかぁ?」

荷物が増えたとはいえ、わずか五百円分の距離である。歩いて歩けない距離でもないのだが、夫はこういう時だけ気が大きくなる。

到着後、夫は意気揚々とタクシーから降り立つ。運転手さんは、「どうぞお足元にお気を付けて!!」と、すごく嬉しそうだ。こんなお客はめったにいないだろう。

新型コロナワクチンの副反応から回復した私は、ノートを見ながら母の「生い立ちの記」を書き続けているが、やっと終戦を迎えた時期に差し掛かり、少しずつ今の生活へと近づいてきている。姉や私も登場してくるようになった。とはいえ、私はまだ幼くて何も記憶に残っていない。

スポーツ観戦・相撲など

二〇二二年五月になってもコロナの流行は収まらず、スーパーマーケットへの買い物以外はどこへも出掛けられない日々が続いている。テレビの報道はコロナの話題ばかりだ。それでも外ではウグイスが何ヶ月も鳴き続けていて、私達の耳を楽しませてくれている。

夫も私も家にばかりいるので、どうしてもテレビを見る時間が長くなる。チャンネル権は夫にあって、私はどうしても見たい番組は録画しておく。主に映画、ドラマ、音楽全般である。それを朝早く起きて、夫が起きてくるまでの間に見るのだ。

夫はテレビのスポーツ中継が大好きだ。一番好きなのが野球で次が相撲、サッカー、ゴルフと続く。オリンピックの時は一日中テレビの前に座りっぱなしで、水泳、卓球、柔道、体操などを見続けていた。そのため私もお付き合いで、それらを見ることになる。

まず野球だが、ルールは私もある程度わかるし、試合が進んでいくテンポも速すぎず遅すぎずメリハリがあって、結構面白い。

相撲はそれぞれ体格も得意技も違う力士同士が、ぶつかり合うシンプルさがいい。また、立ち合いまで時間があるので、どうしても観客に目が向いてしまう。著名人を見つけたり、いつも来ている人が来ていないと、「どうしたのかしら、病気かね？」などと、知り合いでもないのに余計な心配をしたりする。九州場所で毎年見かける和服姿の綺麗な女性を国技館で見かけた時は、妙に嬉しくなって、私も夫も、

「ワー!!　東京に来てる!!」

と歓声を上げた。

相撲中継の解説の時、面白い話をする親方がいた。その人は九州出身だそうで、現役当時の話をしていた。

「秋場所で頑張りすぎちゃったら番付が上がっちゃったんですよ。それで九州場所に行ったもんだから、上位の人とばかり当たって大負けしてしまい、格好が悪いったらなかった……」

多少番付が下でも、地元の人に勝つ姿を見せられる方が良かった、というわけだ。また、相撲界に入ったからには上位を目指すのが当然なのだろうが、全員ではないのかもしれないと思う。できるだけ長く幕内に留まるために、勝ちすぎず負けすぎないようにする人も、いるのではないだろうか。

相撲といえばだいぶ前のことだが、相撲の取組で面白いことが起こり、今でも記憶に残っていることがある。輝《かがやき》と勢《いきおい》の対戦があった。両者が立ち合い、輝が背を丸める格好で勢にぶつかっていった。そのぶつかり合いで勢の額が出血し、勢は額を十七針縫う怪我を負った。その翌日は輝と佐田の海の対戦である。今度は佐田の海の額が同じように出血した。ただ不思議なことに輝の頭も額も全然何ともないのだった。その翌々日は勢と佐田の海の対戦だった。二人とも痛々しく額に白いガーゼを当てての登場である。佐田の海に力水を付けたのは、前日と前々日に二人と対戦した輝だった。

最初に面白いことが起こったというのは、取り消したいと思う。お互いに真剣勝負の世界なのだから。ただ、勢は負傷をきっかけに、目が覚めたように勝ち続け、その場所を勝ち越しで終えた。反対に輝の方は二人に怪我をさせてしまったので気がとがめたのか、思いきり相手に当たれなくなって加減してしまったのか負け越してしまった。

母の「生い立ちの記」は、ほぼ終わりに近づいてきた。このあたりのことになると、母から聞いた話はもちろんだが、私の記憶に残っていることも多く、それらを織り交ぜて書いた。

いよいよ、母の九十六年の生涯を書き上げることになる。

母の生い立ち

誕生・関東大震災

母は関東大震災の前の年の一九二二年に、懐石料理店を営む父親の五番目の子として生まれた。母親は母を出産後、我が子にお乳を与えようとして、横に並んで寝ていた母の布団を寝たままで引っ張った時に腸捻転になってしまった。そしてわずか九日後に亡くなってしまった。

父親と母親にはすでに三女一男の子供がいた。母親が亡くなり、ほかに女手もないのに、この家で生まれたばかりの子を育てるのはどう考えても無理だった。そこで以前、池之端の大きな料亭で一緒に働いていた信頼できる知人に養女に出すことにした。それを知った母の姉兄達は、チビッコ軍団よろしく徒党を組んで、かわいい妹を連れ去ろうとしている人が来たら阻止しようと計画まで立てたらしいが、その計画も空しく母は養女に出された。

養母となったその人は、その頃には池之端の料亭をやめ、神楽坂で部屋を貸す商売を始めていた。部屋は会社などの会合や寄合、接待に利用され、時には座を盛り上げるために芸者さんを呼ぶこともあった。場所は毘沙門天の前の本多横町を入ったところにあり、行願寺という寺の池があった場所を埋め立てて建てた三階建てで、十三部屋あった。

玄関を入ると正面に階段があり、一階のすぐ左の部屋は仲居さんの部屋、その先に台所があった。一階の階段右側には帳場があり、狭い廊下を挟んで六畳間があった。一階の階段脇の左の廊下を行くと、その先に開き戸があり、そこを開けると洗面所と風呂場があって、二階へと上るもう一つの階段があった。この階段は二階の六畳間へと続いており、その部屋の外には物干し場があった。この六畳間は、同じ二階でも正面階段から上る二階とは壁で仕切られており、隠し部屋のようになっていた。正面階段から上った二階には六畳が二間と十二畳が一間あり、十二畳間と片方の六畳間は襖で仕切られていたので、襖をはずせば十八畳の大広間にもなった。さらに階段を上ると三階には六畳が五間あった。

お客が来ると、お酒と突き出しは作るものの、食事はお客の希望するものを近くの料理屋から出前で取っていた。芸者さんを呼ぶ時には見番に電話をして来てもらっていた。

養母は思慮深さと行動力をもち、人の面倒見がよく懐の深い人だった。養母の元で仲居さんなど何人もが住み込みで働いていたが、養母は自ら朝早く起きて食事の支度をしたり風呂を沸かしたりして、常によく働いていた。養母の故郷である宇都宮の人達は東京に出てくると皆、養母を頼ってきたという。仲居頭をしている人は養母の遠い親戚にあたるが、夫に浮気をされたと言って浴衣一枚で家を飛び出して養母の元へ来た。養母は優しく迎え入れ、すぐに伊勢丹へ飛んで行き、着物一揃いを買ってきた。そしてその人は、その日から養母の元で働くようになった。

母を養女にしてからは、父親の方に女手がなかったこともあって、養母は母だけでなく母の姉兄達のことも実の子供のように親身になって世話をしたので、四人の子供達もたちまち養母のことが大好きになり慕うようになった。

母の父親は鎌倉の海に面した所に別荘を持っていた。別荘の近くにはエリアナ・パヴロアという有名な舞踏家の家もあった。別荘の後ろを江ノ電が走り、庭の向こうには海が広がっていた。別荘には六畳二間と三畳間と台所があり、庭に面して回り縁になっていた。別荘のすぐそばには漁師さんの家があり、別荘を閉めている間は管理をしてもらっていた。

夏になると、養母は母を含めた五人の子供達を連れて別荘へ出掛けた。

関東大震災が起こったのは、学校が始まるのに合わせて四人の子供達が東京の父親の元へ帰った後だった。別荘には養母と母の二人だけが残っていた。ものすごい揺れの後、津波が来るとわかっていた養母は、一歳四ヶ月の母を背負って必死に裏山を駆け上がった。するとまもなく巨大な津波が押し寄せてきた。間一髪のところだった。

津波は別荘の中まで押し寄せ、家具・調度品、風呂桶まで全て持ち去っていった。

ただ、土台がしっかりしていたらしく別荘の建物自体はそのままの状態で立っていた。

津波が収まった後、漁師の人達が舟で沖に出て行き、沖に漂っていた風呂桶を拾ってきた。それを山の上まで運び上げ、お風呂を沸かした。周りに囲いを作り、母が一番先に入ったそうだ。地震が起こったのが九月一日だったので、夜でも寒くなかったのは幸いだった。

少し経って地震が落ち着いてから、養母は母を連れて汽車で東京に戻った。着く頃には二人とも、窓から入る煙のススで顔が真っ黒になっていた。

二人が神楽坂の家に着いてみると、三階建ての家が全く壊れることなく、しっかりと立っていた。二人が無事に戻ってきたので、父親をはじめ子供達も驚くと同時に飛び上がって喜んだ。その頃は今と違って情報が入らず、離れた所の安否確認などできない時代だった。地震で江の島が沈んだという噂も飛んでいたくらいだったから、家族全員で、養母と母の生存も難しいだろうと話していて、ほぼ諦めていたところだった。

神楽坂の三階建ての家の中には、地震で家を失い避難してきた知らない人達が大勢いたらしい。

お稽古事・父親・神楽坂

母は養母に大切に育てられた。父親の家は神田にあり、三人の姉達や兄との交流はあったものの、互いの家がそう近いわけではなかったので、環境的には母はほぼ一人娘のようにして育っていった。母は小さい頃から多くのお稽古事をさせてもらっていた。三味線は長唄から始めた。その後、常磐津《ときわず》を習い、その発表会の時は、子供ながら「お染久松」という台詞入りのものを唄い、その舞台度胸満点の見事な出来映えに、観客の拍手喝采を浴びたという。

日本舞踊は六歳から始め、上達が早かった。流派は花柳流で、「飛行会館」という所での発表会では「狐忠信《きつねただのぶ》」を演じた。

揚げ幕が上がるとその先が花道になっていて、七三という場所で一度止まって見得《みえ》を切ってから舞台へと進んでいく。舞台上で踊りながら途中で引き抜きをして、衣装が変わる。引き抜きをした瞬間痛みが走ったが、そのまま踊り続けた。

大変難しい踊りだったが、母は最後まで見事に踊り演じきった。終わってから痛い所を確かめると、糸を引き抜く時、後見人《こうけんにん》とのタイミングが悪かったのか、糸で腕を切っていた。

発表会といっても何かと費用が掛かる。地方《じかた》（踊りの伴奏の人と唄の人）や踊りの後見人、衣装の着付けをしてくれる人、化粧をしてくれる人などが必要で、養母はそういう人すべてに御祝儀を渡した。また、見に来てくれた人々へのお礼の気持ちとして引出物もたくさん用意した。母の一番上の姉は、母の踊りの発表会には必ず観に来てくれた。

母が女学校に入学する時、学校から依頼があった。入学のお祝いのための踊りを講堂で踊ってほしいというのである。母自身が入学して祝ってもらう立場なのにおかしな話だと思ったが、断るわけにもいかず承諾した。

入学式が終わると母は急いで家へ帰り、化粧をして衣装に着替え、タクシーで学校に戻った。そして新入生を前にして講堂で「三つ面子守《みつめんこもり》」を踊った。踊りの途中でお面を渡してもらう必要があり、養母は後見人として舞台上に控え、お面を渡してくれた。

母は踊りの実力はあったが、十八歳にならないと名取りになれない決まりがあった。だんだん学校の授業の方も忙しくなって、しばらくお休みをしているうちに、先生が亡くなってしまった。形身として〝四つ竹《よつだけ》〟という踊りで使う道具を頂いた。

母の父親は千葉県鴨川の出身だった。池之端の大きな料亭で働いていたが、神田鍛冶町にある懐石料理の店に板前として入り、その腕を認められて店の一人娘と結婚した。かつては江戸時代に深川で升田屋という舟宿をやっていたが、鍛冶町に移ってきて懐石料理の店を営むようになったという。そして父親の代になってから店の名を「生稲」と変えた。

店の一階は四人が向かい合うテーブル席が八卓で、奥に茶室風の座敷があり、つい立てで仕切られていた。片方の座敷には床の間があり、横の窓の外には四、五本の竹が植えられていて風情ある造りになっていた。二階は大広間の座敷となっていて、結婚式の披露宴もできた。昼間はランチ営業をやっており、皿数が多くテーブルに載りきらないほどだった。夜は本格的な懐石料理を味わえた。

父親の自宅は神田淡路町にあった。道路を挟んで目の前に淡路小学校があり、自宅の両側には丸善の倉庫があった。自宅の周りが個人の家ではないので、近所付き合いが面倒ではなかった。父親は自宅へはお風呂に入るためだけに戻って来て、夜は店の座敷に泊まり込んでいた。また、家族の食事は店の使用人が自宅へ自転車で運んでいた。その使用人と自宅のお手伝いさんが、その後結婚した。

養母は神楽坂で会社などの会合や寄合・接待のための部屋を貸す商売をしていたので、宴会などで残った食事や酒を、その一帯を警備している夜回りの兄弟によく分けていた。冬の寒い夜など「熱燗が飲めるので有り難い」と大変喜ばれた。のちに戦争が始まり空襲が激しくなった時、この二人の兄弟が疎開先への荷物をリヤカーに載せて運んでくれたのである。

その当時、神楽坂は花街でもあった。木村屋（パン屋）の角を曲がると、芸者新道がある。多くの芸者さんが見番に所属していた。見番は客の席への取次ぎ、玉代《ぎょくだい》（遊ぶための代金）の精算などをする所だ。

食事をする店も多く、高級料亭から気軽に入れる小料理屋まであり、鶏料理の「川鉄」や料亭「一平荘」なども人気の店だった。毘沙門天の隣の「田原屋」は肉料理などの洋食専門の店だった。その田原屋の主人の弟が果物屋をやっていた。

神楽坂の上の方には「藤井」という小料理屋があり、若旦那がハンサムだった。養母が仲居さんに外回りの用事を言いつけると、わざわざ遠回りをして、その店の前を通り、若旦那の顔を見たがった。

「相馬屋」という紙専門店の横を入り坂を上がると、「牛込館」という洋画専門の映画館があり、神田から来た父親と養母と母の三人でよく観に行った。また、和風喫茶

「紅谷」があり、母は養母と二人で甘いものを食べに行った。歌舞伎役者の中村吉右衛門の家が「紅谷」の近くにあり、中で食べている姿をよく見かけた。夕暮れ時、少し路地を入ると三味線の音色が聞こえたりして、神楽坂は風情のある盛り場だった。

女学校の日々・自らの生い立ち

一九三五年四月に母は二番目の姉と三番目の姉が通っていた女学校へ入学した。一番上の姉は、府立第一という当時非常にレベルの高い女学校を卒業していた。

教室での母の席は中央の一番前で、隣の席の友人は授業のほとんどの時間居眠りをしていた。二人の席の前には教壇があり先生が立って教えているのに友人はいつも眠っているので、母は気が気ではなかった。

母の学課の成績は常に上位の方だった。手先も器用で、刺しゅうの時間でも一番早く制作して提出していた。その刺しゅうの布を返してもらったあと、その布に裏生地を付けて袱紗に仕立てて茶の湯の稽古の時に使っていた。習字も得意で、「日独伊防共協定」の際、毛筆の書が外国に送られることになり、学校代表の二名のうちの一人に母が選ばれた。書は額に入れられ、ドイツとイタリアに送られた。

母は成長するに従って、自分の生い立ちについて考え始める。ある先生から、「お姉さん二人とあなたは姉妹なのに、どうして名字が違うの？」と聞かれたことがある。その時母は何と答えたらいいかわからず困ってしまった。神田にいる姉達や兄とは常に交流があり、一緒に旅行したり食事に行ったりして楽しく過ごしていた。時折やって来る父親は本当の父だと思っていた。そして養母のことは実の母親だろうと思っていた。ということは、自分はお妾の子なのではないかという思いが常に心の中にあった。誰も教えてくれないし、母自身も聞く勇気がなかった。

ある時、学校から生徒全員に対してある指示があった。戸籍謄本を持って来るようにというものだった。

自分の戸籍謄本を初めて見た母は、自分が父親の四女であり、神田にいる姉達や兄とも実のきょうだいであることがわかり、大変嬉しかった。それまで姉達と楽しく過ごしている時でも、自分だけお妾の子ではないかと少し後ろめたいというか、気後れの感情があって、心底から楽しめなかったからだ。そして自分を育ててくれているのが、実の母ではなく養母だと知って驚いた。生まれてからずっと自分を守り、大切に育ててくれた養母に対して感謝の念に堪えなかった。

修学旅行・とこちゃん　和裁・洋裁

母の女学校最後の年の修学旅行は京都、奈良方面だった。生徒全員でお寺や神社などを拝観した後、若草山で昼食となった。母が山の斜面の中腹あたりで友人三人とお弁当を食べていた時のことである。突然ものすごい勢いで、風と埃を舞い上げながらすぐ横を駆けていく人がいる。見るとその人は同じクラスの友人で、上野の料亭の娘さんだった。少し小走りで山を下りていたら止まらなくなってしまったそうで、前のめりに倒れ込み、顔をもろに擦りむいてしまった。旅行中ずっとそのすごい顔のまま記念写真にも収まり、気の毒だった。

母は女学校を卒業してすぐに友人三人を、父親の懐石料理の店に招待した。四人でおいしいランチを食べながら、女学校時代の楽しい思い出に花を咲かせ、満たされたひとときを過ごした。

女学校時代、母は〝とこちゃん〟と呼んで姉のように慕った女性と一緒に暮らしていた。とこちゃんは養母の遠い親戚にあたり、以前は宇都宮で暮らしていた。ある時、養母が母を連れて宇都宮へ出掛け、とこちゃんが働いているデパートの食堂へ行って食事をした。とこちゃんはその食堂でレジ打ちをしていた。養母と母が食事を済ませ帰ろうとすると、とこちゃんは「東京に行きたい」と言って、そのまま一緒に神楽坂に来てしまった。

とこちゃんは日中は「ばんでん」という布団屋に勤めていた。先生の資格も持っていて頭の良かったとこちゃんは、勤めから帰って来た後や休みの日には帳場を手伝っていた。

とこちゃんは色白で、目元がすっきりとした美人だった。常に不思議な雰囲気をまとっていて、あまり感情を表に出す人ではなかった。何があってもそれを受け入れるという感じで、静かで落ち着いていた。

訪れた客達は、化粧もせず特に愛嬌を振りまくわけでもないとこちゃんを芸者さん達より気に入り、よく近くの和風喫茶「紅谷」へと誘い、連れ出したものである。

とこちゃんはその後、布団屋の若旦那と結婚した。寝起きを共にし、相談事に乗ってくれたり、一緒に旅行に出掛けたりしたとこちゃんがいなくなって、母はどうしようもなく淋しかった。

母は女学校を卒業してからは、和裁と洋裁を習い始めた。和裁は神楽坂の軽子坂にある先生の家へ習いに行っていた。その先生の所へは袴をはいていくのが決まりだった。仲間の生徒が反物を間違えて裁断してしまい、先生が真っ青になったことを覚えている。

洋裁は家政学院に通っていた。神楽坂の自宅から飯田橋に出て右折し、土手公園の下を歩いていくと左の方へ上っていく道がある。さらに行くと靖国神社や花柳会などがあるが、家政学院は一口坂にあった。母は洋裁の腕を上げ紺の袴（サージ）を仕立て直して半袖のワンピースを作った。我ながらよくできたと思い、気に入ってよく着ていた。

戦争・父との出会い・結婚

父と母の出会いは、戦争が始まった頃である。その当時、家で何もしていない若い人は徴用《ちょうよう》で、工場などで強制的に働かされていた。養母はそれを避けるために、いつも利用している近くの銀行の支店長に、母を銀行で働かせてくれないかと掛け合ってみた。すると支店長は、

「戦争で人手が足りなくて、困っていたところです。有り難い。是非来て下さい」

と言って快く働かせてくれることになった。

こうして母はその銀行の庶務係となり、週に何度か銀行に出勤するようになった。諸経費の出納が主な仕事で、そのほかに、贈答用の買い物を頼まれることもあった。母は何を選んだらよいかわからず、養母に相談すると手頃で見た目のいい品を選んでくれて、支店長に感心された。また、字がとても綺麗だと褒められた。

父はその銀行で外回りの仕事をしていた。そして母が銀行へ出勤しないで家にいる日に父は営業の仕事の途中に、時々訪れるようになった。養母は父を大変気に入り、お茶やお菓子でもてなした。

母は当時、父のことを特別意識していなかったそうである。むしろほかに母の好みのタイプの人がいて、その人とは一度映画を観に行ったりしたらしい。ただ養母が父のことを、当の本人である母よりも気に入ってしまった。養母は多くの人に接した経験から、人を見る目に優れていた。

戦時中である。この先世の中がどういう方向に突き進んでいくのか誰にもわからない時代だった。それでも養母は母に父との結婚を勧め、母は結婚を決意する。

物資の少ない中、養母は手を尽くして食材を集め、お酒も用意して親類縁者を披露宴に招待した。花嫁衣装一式は、養母が高島屋まで行って借りてきて、家で支度をした。近くにある松平という写真館の人が撮影機一式を持って来て、出席者全員の写真を撮ってくれたが、花嫁・花婿の写真は記念になる大事なものだから、写真館でないと綺麗に撮れないと言う。

当日は雨が降っていたので、母は花嫁衣裳の着物の裾を上げ、雨ゴートを着て傘をさし、父と母と養母の三人は歩いて写真館へ行った。写真館では照明も完備されていて、二人の写真は綺麗に撮れた。

父は川越で唐物屋《からものや》を営む商店の三男だった。唐物屋というのは、カバンやランドセルなどの革製品から肌着、帽子などの洋品、タバコに至るまで、かなり幅広い商品を扱う店のことだ。店舗は四つ角の目立つ所にあった。店の中にはお客が腰を掛ける所もあり、番頭、小番頭、小僧もいて繁盛していた。兄二人と姉一人、弟が一人の五人兄弟だった。

高校時代の成績は優秀で、昔の成績の評価は甲・乙・丙・丁だったが、父はオール甲だったという。野球部のキャプテンで、ポジションはキャッチャーである。県大会までいったが、あと少しで甲子園出場には届かなかった。

父は養子に入ってくれることになり、父の両親は父を一番頼りにしていたので、とても残念がっていたという。

結婚式を挙げてから間もなく、父に赤紙が来て出征して行った。戦争は次第に激しさを増してきて、東京も頻繁に空襲を受けるようになった。神楽坂の家の三階から下町方面を見ると空が真っ赤に染まっていた。空から焼夷弾が落とされ、町が焼かれているのがわかった。それを見た養母は即座に、父の実家のある川越へ疎開することを決断する。

もはや一刻の猶予も許されなかった。疎開するにあたって、持っていける荷物の量は限られていたから必要最低限のものにとどめ、養母は手早く荷物をまとめた。そして知り合いのおばあさんに家の留守を頼んだ。母は飼っていた二匹の猫を置いていくのが辛かったという。引っ越しにあたって川越まで荷物を運ぶのを、地元で夜回りをして警護していた兄弟が快く引き受けてくれた。二人の兄弟はリヤカーに荷物をたくさん積んで川越街道を通り、川越の父の実家まで運んでくれた。その後、大地震でも壊れなかった神楽坂の家は空襲で焼けてしまった。

疎開

疎開した川越では父の両親が温かく迎えてくれた。父の実家の一室を借りて、養母と母は暮らし始めた。ただ、同じ家で暮らしていてもあくまで生活は別々ということになっていた。というのも、その家には父の両親のほかに長兄の一家も暮らしていたので、二人は暮らすための一部屋を貸してもらったという状況だった。食事も七輪一つで二人分作り、井戸は隣の家と共同であった。洗濯物を干す場所も限られる、といった神楽坂での生活と比べると大違いな暮らし向きとなったが、堪えるしかなかった。それでも父の両親は大変人柄の良い人達で、そっと食べ物や肌着などを持ってきてくれたりと、何かと気を配ってくれた。

戦争はさらに激しさを増し、川越も空襲を受け始めた。母はその頃、私の姉を身籠っていた。身重の身体で、養母や父の両親や親戚の人達と近くの喜多院へ走って逃げたこともある。ただ焼夷弾を落とすだけでなく、戦闘機が低空飛行をして、機銃掃射により道にいる人だけでなく犬まで撃ったという。こうなると川越も決して安全とは言えず、養母と母は父の長兄の妻の親戚が暮らす久下戸《くげど》へと、さらに疎開した。

久下戸で借りることになったのは、かつて養蚕をしていた建物だった。一階には農機具などが置かれていて、二階は板の間になっていた。そこに畳を運び上げて敷いたので、和室のような空間ができた。母にとって川越にいた時には大勢の人に囲まれて、それなりに気の張る生活であったが、ここでの生活は不便なこともあったものの、養母と母の二人きりの生活であったので、母は精神的にはこの上もなく気楽で開放感にあふれていた。

養母は疎開する時、浴衣や芸者さんがお披露目などの時に配る手ぬぐいをたくさん持ってきていた。養母はそういう物を持って農家へ出掛けて行っては、野菜などを物々交換してきた。ふと母が二階の窓から下を見ると、隣の家のおばあさんが手招きしているのが見えた。階段を下りて外へ出て行くと、おばあさんは当時は貴重だった卵などの食べ物を持って立っていて、にこにこしながら母に手渡してくれた。おばあさんの温かさが、身に沁みた。

父親と姉兄達のこと

母の父親は戦争のさ中でも疎開せず、神田淡路町の自宅に一人で住んでいた。その辺りは奇跡的に、戦争での焼失を免れた地域でもあった。

母の一番上の姉は、京都出身の作家と結婚し駒込の線路際の崖の上の方に住んでいた。やがて戦争が始まり、向かい側にある宮家の豪邸に爆弾が落とされたため、姉は父親に頼んで鎌倉の別荘に疎開させてもらった。

二番目の姉は結婚して二人の子供にも恵まれたが、肺結核になってしまった。そのため子供達に病気がうつるといけないと考え、淡路町の実家に療養に戻ってきた。まだ結婚しておらず家に残っていた三番目の姉が看病したが、その甲斐もなく亡くなってしまった。

その後、三番目の姉は銀行員の人と結婚したが、後妻だったという。結婚四ヶ月で夫は出征していき、戦死してしまった。残された姉は義母と暮らしていたが、冬の寒いさ中、風邪をひき肺炎になってしまった。養母と母が薬局を何軒も回って、酸素吸入器を買い、駆け付けたが間に合わなかった。

こうして戦争の前後に二人の姉は若くしてあっけなく逝ってしまった。

戦争も終わりに近づく頃、兄にも赤紙が来て出征することになった。戦地へ赴く前に養母と母はおはぎをたくさん作って、出征する人々が集合している建物に面会に行った。他の人にも分けてあげようとおはぎを山のように持って行ったのだが、兄はやせた身体にもかかわらず一人で全部たいらげてしまった。

兄はその後、船で父島に配属され、島にいるうちに終戦となった。その途端、米兵が島に上陸してきた。それまで体力では他の兵士達に敵わなかったが、英語の通訳として兄は俄然本領を発揮し始めた。

父の帰還・終戦・養母の病・神楽坂へ

父が戦地から久下戸へ戻ってきた。現地でマラリアに感染したために、兵役免除となったのである。久しぶりの再会だった。父と母と養母はお互いの無事を喜び合った。疎開をして数々の不自由な生活を経験し、怖い体験もしてきたけれど、それらをくぐり抜けて何とか生きてきた。母にとって、そうした今までの苦労が報われた瞬間だった。

やがて終戦を迎えた。一九四五年八月十五日のことである。母は日本が負けてしまった失望よりも、空襲がないことの方が有り難かった。

終戦となり、父と母と養母、そして姉の四人は久下戸から川越へ戻ってきた。ちょうど父の実家の隣の家の人が引っ越して空き家になったところだった。そこで、その家の中を少し改造して四人は暮らし始めた。

父は近くの銀行の出張所で働き始めた。その後少ししてから川越駅近くにその銀行の新店舗が開設され、父はそこの初代の支店長になった。銀行でお祝いに濃紺の背広をつくってくれて、とてもよく似合っていた。

すべてが順調だった。しかしそんな中、養母が倒れた。一九四五年の秋か冬の頃と思われる。養母は近くの風呂屋へ一人で出掛け、湯船の中で気を失った。知らせを聞いた父は職場からすぐに風呂屋へ駆けつけ、背広のままで養母を背負い、上から浴衣をかけてもらい紐でしばって、家まで連れ帰った。

養母は脳出血で、半身不随になってしまった。戦後のことで医療体制も十分ではなく、病院に入院させることはできなかった。

戦争が始まってからというもの、養母は気を張って頑張り続けてきた。親鳥が大きな翼を広げて雛を守るように、母を庇《かば》って過酷な戦時中を生き抜いてきた。今まで数々の苦労を乗り越えてきた分、疲れが溜まっていたのだろう。

母にとってずっと頼りにしてきた養母が倒れてしまったことは、大変な衝撃だった。それでも養母の身体に床ずれができないようにと、時計を見ては時折寝ている向きを変えるなどして、献身的に世話をした。ただ日常の家事に加えて、生まれたばかりの娘（私の姉）と養母の二人分のおむつを洗わなければならないのに、井戸が共同なので水を思うように使えないなどの苦労が多く、母は心身ともに疲れ果ててしまった。

そんな時、かつて神楽坂の家で働いていた仲居頭だった人が、川越まで手伝いに来てくれた。父が連絡したものと思われる。母はどれほど有り難かったことだろう。それからは養母の世話はその人がしてくれるようになった。

その人は小綺麗な人で働き者だったので、近くの電器屋の店主が見初めて、是非結婚したいと言ってきた。妻に先立たれ、子供が四人いるということだったので、丁重にお断りをした。

戦後の物資の少ない時代だったので、母は姉の離乳食や父の弁当をつくるのも大変だった。川越名産のさつま芋だけはたくさんあったので、さつま芋だくさんの炊き込みご飯などの弁当が多かった。父がどこかで砂糖を手に入れてきた時は、姉に砂糖を入れた湯冷ましを飲ませたりした。

養母は倒れた直後は起き上がることもできず寝たきりだったが、少しずつ回復してきて小康状態となった。そして長年暮らしていた神楽坂へ帰りたいと言い続けるようになる。

神田淡路町に暮らしていた母の父親がそのことを知り、何とか願いを叶えてやりたいと考えた。そして、かつて建っていた場所に家を建てる計画を立て、自らが出掛けて行き基礎の土台を造った。父親は、我が子を幼い頃からずっと大切に育ててくれた養母に対して、感謝の気持ちでいっぱいだった。

神楽坂の家が完成した。父、母、養母、姉の四人は川越から引っ越してきた。六畳、四畳半、三畳の家で、四畳半を養母の部屋とした。

神楽坂に帰ってきて、母は思いきり水が使えたのが嬉しかったという。また、母は以前から園芸をやりたいと思っていた。神楽坂に戻ってやっと落ち着き生活も安定したことから、庭にアサガオやコスモスの種を蒔き、花を咲かせた。

私の誕生・世田谷での暮らし

私が生まれる時、父は出勤前でまだ家にいた。母が産気づいたので、父はすぐにどこかへ出掛けていきお産婆さんを連れてきた。母は二度目の出産であり戌《いぬ》年生まれだったこともあったのか、楽な出産だったようで私は神楽坂の自宅で生まれた。

その頃には姉は坂を上った所にある赤城幼稚園へ通い始めていた。姉は幼い頃から、何事もきちんとできてしっかりしていたという。

川越から引っ越してきてから二年が過ぎた。母は神楽坂での生活に満足していたものの子供の学校も含めて、これからの生活をどうするかを考え始めていた。神楽坂という街の環境よりも、静かで自然豊かな土地に住み生活する方が、子供達にとって幸せなのではないかとの思いが募っていった。そこでかつて養母のところで働いていて、その頃は世田谷に住んでいる人に頼んで、近くにいい場所がないか探してもらった。そして見つけてきてもらったのが、今の我が家である。

母は養母にも世田谷へ引っ越しをする旨を話して了解を得た。住む前に何箇所か改築してから、五人はこの家に引っ越してきた。一九五二年四月頃と思われる。私は三歳になるかならないかであったが、この家がこれから暮らす家とは思わず「おうちに帰ろうよ」と言ったそうである。

玄関を入ると洋間があり、その左横に縦に二つの和室が並んでいた。さらに奥の和室の右方向に鉤形《かぎかた》にもう一つ和室があったので和室は三間あり、その横に台所があった。南側の二つの和室は回り縁になっていて、南の角にはミシンを置いた。二つの和室の間の壁には鏡を取り付けた。この鏡は神楽坂で使っていたもので、川越や久下戸への疎開にも持っていったものだった。鏡はこの家でやっと居場所を得て、納まった感があった。

台所は一番奥の北側にあり、井戸もその近くにあった。養母の部屋は洋間に続く和室にした。そこに布団を敷き、養母は一日中横になっていることが多かった。小康状態になってはまた悪くなったり、少し回復したりといったことを繰り返していた。

一九五三年四月三十日、養母が亡くなった。世田谷へ引っ越ししてきてから一年ほどが経っていた。川越の風呂屋で倒れてから、七年以上が経っていた。

母の父親は、戦争から復員してきた長男（母の兄）と、しばらくの間神田淡路町の自宅に、二人で住んでいた。その後長男が結婚して、父親と長男夫婦は我が家から歩いて十分ほどの所に引っ越してきた。そして家が近くなったこともあり、母の父親は週に二回くらい我が家の植木を切りにやってきた。母とお昼を一緒に食べ、植木を少し切っては縁側に座って一日のんびりと過ごし、夕方帰っていく。母の父親は柿が大好物で、裏庭の柿の実が熟すと、それをおいしそうに食べていた。

ある時、家に来ようとして道がわからなくなり、途中でうろうろしているのを近所の人が見かけ母に知らせてくれた。その頃から父親はだんだん衰えてきて家にも来られなくなり、やがて亡くなった。墓は深川の寺にあり、檀家総代をやっていたので一番目立つ所にある。

一家で世田谷に越してきてからは、養母は亡くなってしまったものの、その後は安定した日々が続いた。姉が高校へ私は中学へと進んだ頃に、母は小唄を習い始めた。糸道があいていたのですぐに腕を上げ、月に何度も三越劇場や日刊ホールなどへ出演し、舞台で唄や三味線を弾き小唄を披露した。その時には家族の誰かしらが付き人のように、三味線ケースを持って同行した。

四人揃っての家族旅行にもあちこちへ出掛けた。父は家の中では寡黙だったが、旅行先ではホテルの人やタクシーの運転手さんとよくしゃべり、愛想が良かった。ずっと四人で行っていた旅行も、姉と私が結婚してからは両親二人で行くようになった。富山県の立山や和歌山県の白浜、厳島神社などを旅行した。その当時、母は旅行というと着物を着て、身長が少しでも高く見えるように、足袋の中にファインゴムを忍ばせていた（ファインゴムとはフェルトを重ねたようなもので足のかかと部分に入れて身長を少し高く見せる）。

厳島神社に行った時のことだ。厳島神社を拝観した後、神社の近くにあった狭い階段を、せっかく来たのだからと必死で上ったら、誰かのお墓があるだけだった。そのため疲れた上に膝まで痛くなってしまった。おまけにその後降った大雨で足元が濡れて、ファインゴムと草履が水を吸って膨らんでしまった。せっかくの旅行だったのに、この時ばかりは気分が落ち込み、楽しくなかった。

母は七十歳くらいで小唄をやめた。稽古場が御茶ノ水にあり、通うことが大変になってきたためだ。その後病気もしたが、良くなると、近くで何か習い事がしたいと探し始めた。そして、電車で二駅の所にある区民センターで行なわれている絵手紙の講座を見つけ、習い始めた。その絵の先生は、偶然にも姉と私の小学校の頃の担任の先生だった。母は教室では果物や風景画などを描いていたが、家では花の絵をよく描いていた。だんだん上達してきて、その絵をカラーコピーし、私の方にも配ってきたので額に入れて壁に飾った。

病気・入院

母は長命ではあったが、胆石などの手術や薬のアレルギー、高血圧などにより入院することが多かった。しかも入院すると長いので姉と私が交代で病院に通った。

父が腎臓ガンで入院した時、母と私が付き添って行ったのだが、父が検査に行っている時に主治医の先生が病室を訪れ、父が腎臓ガンだと母と私に告げた。そのショックから母は家に戻った後、脳梗塞になってしまった。

父と母が別々の病院に入院してしまったので、姉と私は曜日を決めて二つの病院に通った。母の入院は三ヶ月に及んだが、父の方は二週間で退院したので、父はたびたび母の見舞いに病院を訪れた。そして母が退院した時に困らないようにと、ゴルフ会員券を売って、そのお金で家の廊下に手すりをつけた。父は常に家族のことを親身に考えてくれる人だった。

母は家での日課として毎日血圧を測っていたが、血圧はいつも高めだった。体質なのかその性格によるものかわからないが、最高血圧は軽く二〇〇まで上がってしまう。そこで私はふと思いついて、雑誌か何かに載っていた「冬のソナタ」のヨン様の写真を持って行った。母はその頃放映していた「冬のソナタ」のドラマが大好きで、毎回楽しみにして見ていたからだ。写真を見て余計に血圧が上がってしまうことも考えたが、そこは〝癒し系〟のヨン様である。母は早速ヨン様の写真を写真立てに納め、血圧を測る時はヨン様の微笑む顔を見ながら測るようになった。すると血圧は比較的安定するようになった。

父の死

父は銀行の支店長を三店舗務めてから、行員のために新たに建てられた福利厚生施設の初代のセンター長となり、その六、七年後には依頼を受けて建築資材を扱う会社の社長となった。経営不振が続いていた会社だったが、会社が軌道に乗った何年後かに退職した。退職後は腰痛がひどくなり、好きなゴルフもできなくなった。

父は腎臓ガンの手術後は再発もなく過ごしていたが、自己免疫疾患で入退院を繰り返した。それで体力も落ちていたのだろう。悪性の風邪をひき、それが元で二〇〇二年五月十七日に亡くなった。

あまりに急に亡くなったので私達家族は何の心構えもできていなかった。

父が亡くなると、母はそれまで父と一緒に寝ていた二階の八畳から、その隣の六畳の茶の間へと移った。やはり父が亡くなった部屋で寝るのは落ち着かなかったと思われる。茶の間にあった茶箪笥などを板の間に出し、それまで畳に布団を敷いて寝ていたのをやめてベッドにすることにした。

母は六畳間に移って何日かが過ぎた頃、こう言い出した。夜中に目を覚ますと、隣の部屋で何か物音がすると言う。

「耳を澄ますと、あっちこっち歩いているような音がするの」と言って、私達を恐れおののかせた。誇張はあっても嘘は言わない母だけに、その言葉は真に迫っていた。

母は昔から霊感が強く、姉が生まれた時に、「母の亡くなった二番目の姉が枕元に現れ、私の姉を見た後微笑んで消えた」などの話を聞いていたから、父が母のことが心配で、死んでも死にきれないのかしらと姉と話し合った。そのうち医者から弱い睡眠薬を処方され、その話はしなくなった。

私の日記から

父の死後、母は年の割には元気で、姉夫婦と車で泊まりがけの旅行をしたり、花が好きだったので神代植物公園や立川の昭和記念公園へ行ったりしていた。ただ車椅子はいつも車に積んでおき、必要に応じて使用していた。そんな母だったが、二〇一六年九月十一日に階段で動けなくなった。その三日前からの私の日記だ。

九月九日（金）

ママは涙が止まらないのを気にして、目医者へ行って治療してもらったという。目薬と飲み薬をもらってきた。かなり痛かったらしい。

九月十日（土）

午前中に行って朝食を用意し食べさせた後いつも飲む薬に加えて、目の飲み薬を飲ませ目薬は三種類を五分おきにつけてから後片付けをしていると、ママが「あたしパン食べたっけ?」と言う。家に戻ってきたらすぐに電話が掛かり、「あたし薬飲んだっけ? わからないから、すぐに来て!」と言う。
今すぐのことを忘れてしまう。同じ話を何回もする。目薬のフタを落とした話は十回聞いた。

九月十一日(日)
母屋へ行くと、ママが階段を下りた所に座り込んでいた。「足が急に弱った感じで、立てないの」と言う。やっと立たせ、リビングの椅子に連れて行き朝食を終え、トイレへ連れて行った。少し歩き慣れたようで、リビングの椅子に戻った。家に戻って少しすると、ママから電話が掛かった(何かあった時のため、携帯電話をひもで首からかけている)。
「すぐ来て!!」と言う。急いで行くと、今度は階段の踊り場で動けなくなっていた。

立たせようとしたが、その重いこと。腕と腰が筋肉痛だ。

この頃から母は急速に足腰が衰えてきて、介護の日々となる。

私は両親のうち、どちらかと言うと、いや断然父の方が好きだった。父はほとんど怒ったことがなく、笑う時も大声を出して笑ったりすることもしなかった。口数は少なかったが常に家族のことを考えていて、包容力があり温かく穏やかな人だった。小さい頃、私はいつも父の胡座《あぐら》の膝の上に座るのが好きだった。そこに収まっていると、心底安心できた。

成長とともに父と話す機会が少しずつ減っていき、結婚すると一緒に過ごす時間もますますなくなり、ほとんど話すこともなくなった。それでも晩年になって父が通院する時や病院の入退院の時には、私が必ず付き添って行った。病院の待合室では常にそばにいて、特に話したりはしなかったが、それまでの空白を少しは埋めることができ、今思えば貴重な時間だった。

父が亡くなった時、突然すぎて涙が出なかった。その事実を受け止められなかった。

何ヶ月か過ぎた頃、夫と息子と私の三人で何度目かの箱根の旅行に出掛けた。駅の近くの土産物店を覗いていると、父の好物で、私達が箱根へ旅行に行く時には「買ってきてくれ」とよく頼まれた〝いかの塩辛〟が並んでいた。

その時になって、急に父がいない悲しさ、淋しさがこみ上げてきた。

庭の南側の角に山桜がある。父の職場が立川にあった時、資産家のSさんから苗木をいただき植えたものだ。今では幹も太くなり、季節が巡ってくると、派手ではないが若葉に混じって、ピンク色の花を咲かせる。

控えめな花は、もの静かだった父を思い出させる。

母は気性の激しい人だった。思ったことは何でも口に出す人だったから、母から言われた言葉によって、私は何度傷ついたかわからない。その母に対して、私はただの一度も口答えをしたことがなかった。それをすると、さらに事態が悪くなるとわかっていたからだ。ただ言い返したい気持ちは強く、いつも心の中にわだかまりとして残っていた。

そして父が生きている間は、母のその性格はほとんど変わらなかったが、父が亡くなって一人になってしまった頃から、少しずつ母の性格が穏やかになっていった。家族以外の人に対しては人見知りの母だったが、介護に来てくれるヘルパーさん達とも仲良くなり、いろいろな話をして楽しそうだった。私が母のトイレ介助をしている時など、「ごめんね、ごめんね」と言ったりした。

母の介護をしているうちに、母に対するわだかまりが少しずつ消えていった。そして私は〝母の生い立ち〟について、今まで詳しく知らなかったことに気が付いた。そこで母の記憶が確かなうちに話してもらい、書き留めておこうと思いついた。

母の記憶力が良かったのは、長年日記をつけていたからだと思う。昔は今と違って日記帳というものがなかったから、ノートなどに綴っていたものと思われるが、昔のそれらは戦争や引っ越しなどで失われてしまった。それでも書くことで出来事が頭の中に定着し、記憶として残ったのだろう。

日記帳というものが世に出るようになって久しいが、母は「高橋の手帳」をずっと愛用し、使い続けてきた。小振りでブルーの表紙の日記帳が十数冊たまった。すると母は「この手帳をとても気に入って使い続けていることを、出版社の人へ伝えたいの」と言い出した。

そこで姉が、十四、五冊並んだ日記帳の向こうに座っている母の写真を撮り、その写真に私が書いた手紙を添えて出版社に送った。すると間もなく、出版社から感謝の手紙が届いた。

その写真と手紙は、会社の人誰もが見られる場所に貼ってあるという。

ある時、その日記帳を処分してほしいと母から頼まれた。

「この先、とても日記をつけることはできないし、私の日記帳を他の人が読む必要もないからね。一度にではなく、少しずつ処分してちょうだい」

私は言われた通り、何回かに分けて母の日記帳を処分した。処分する前に日記帳をパラパラとめくると、几帳面な小さな字がびっしりと並び、母の想いが詰まっていた。

母がよく話していたことがある。

「自分は生まれてからすぐに母親が亡くなったけれど、養母がとても良い人だった。その養母に大切に育てられ、おいしい物を充分食べさせてもらい、お稽古事もたくさん習わせてもらった。養母のお陰で何不自由のない暮らしを送ることができた。戦時中に亡くなった二人の姉達に比べたら、自分はこの上もなく幸せだったと思う」

養母は関東大震災の津波の時も、実の子ではない母を身を挺《てい》して守ってくれた。そしてその養母が父を見つけてくれた。あの時、養母が父との結婚を勧めてくれなかったら、母は一度だけ映画を観に行った人と結婚していたかもしれない。その人は戦死されたそうだ。戦時中も身重の母を、父が戻って来るまで庇《かば》い続けた。その時その時の判断や行動は、とても正しかった。そして常に深い慈愛に満ちあふれていた。

こうして養母が選んだ父によって母は守られ生活は安定し、趣味や旅行を楽しめた。

「二人の娘もそばにいてくれている。本当に幸せな一生だった。その人その人の生まれ持った運命はあると思う」と母は語った。

その一方で、「若くて一番楽しいはずの時期と戦争が重なり、綺麗な服を着て遊びに行ったり旅行したりできなかった。お洒落をするどころか、もんぺを穿いて慎ましくしていなければならなかった」とも母は言う。

でももしも戦争がなかったら、銀行に勤めることもなかったから、父と出逢う機会もなかったわけである。私も存在しなかった。

戦争がなく、平和な時代が続いていたら、母は全く別の人生を歩んでいたかもしれない。日舞か三味線の師匠になって、一人で生きていたかもしれない。

母は自分の生い立ちについて語りながらも、本当は自分を守り育ててくれた養母のことを私に伝えたかったのではないか。

私は母の「生い立ちの記」を書いていたが、実は母を通して養母の人となりを書いていたのだ。

母の養母は冷静な判断力や責任感と心の広さ、深い愛情を併せ持っていた。ただ私のおぼろげな記憶を辿っても、祖母と話をした思い出はなくて、一日中静かに眠っている姿しか思い浮かばない。姉は祖母にかわいがってもらったのをよく覚えているというが、残念ながら、私にはそれがない。

母の記憶の扉は私が開けた。私の記憶の扉を開ける人はいるだろうか。たぶん閉まったままだろう。それに私は母のように波瀾に満ちた人生を送っていない。

そのうち過去を振り返って、自分史を書いてみようか。

忘れないうちに。
私の記憶がなくならないうちに。

あとがき

二〇一六年九月に母が階段の踊り場で動けなくなってから母の介護が始まったが、実際には父が亡くなる三年くらい前の一九九九年頃から、父の介護を姉の家族と私だけでしていた。父が亡くなって母が残されると、今度は母を一人にして出掛けることができなくなり、そのまま母の世話をすることになった。その期間は十四年続いた。

母の世話をする日にちの関係で泊まりがけの旅行がほとんどできず、我が家で家族旅行に行ったのは十四年間で一回だけだった。

その後母の本格的な介護が始まり、二〇一六年十一月頃からはヘルパーさんにも助けていただきながら介護を続けたが、母を家で最期まで看取ることができなかった。

姉も私も心身ともに限界だったが、そのことは今でも心が痛む。

その後、新型コロナウイルスの流行により、外出制限で家に籠る日々が続いた。コロナウイルスが収まった頃には、私も夫も家での生活が長くなり、年齢を重ねたこともあって足腰がすっかり弱くなってしまった。遠出は無理で、それこそ近くのスーパーマーケットへの外出くらいしかできない。

母の「生い立ちの記」では不明なことも多い。私が母の話を聞いて書き留めていた時、母は九十五歳だった。いくら記憶力が良くても、すべてを思い出すことはできないだろう。

姉が生まれた時の状況や、川越や久下戸へ疎開した時期、戦後に神楽坂へ戻った年などもよくわからない。母が子供の頃から女学校時代を過ごした当時の華やかな神楽坂の街についても、母が話すまま書き留めたが、料亭の名称等も本人の記憶違いということがあり得る。

それでも母の記憶から、母が生きた九十六年の生涯のかなりの部分を引き出すことができたと思っている。

姉とは生まれてからこの齢になるまで、ずっと近くで過ごしてきた。お互い結婚してからも、両親とそれぞれの家族全員で食事会をしたりして密に交流し、いい関係のまま今に至っている。

また姉は両親と同居であったから、数多くの苦労があったと思う。両親の入院や介護をする時に、もし私の家族だけだったら、とても乗り越えられなかったことだろう。姉の一家と協力し合ったからこそ、なんとか両親を見送ることができ、姉にはとても感謝している。

夫は十五年前の心臓手術後はあまり無理ができなくなった。ただ、常にそばにいて、心の支えとなってくれたことは間違いない。

最後に、私の書いた『記憶の扉—「生い立ちの記」より』が一冊の本として出版の運びとなり、ご尽力いただいた文芸社の企画部高野剛実様、編集部伊藤ミワ様にもお礼申し上げたい。

著者プロフィール
花村 幸子（はなむら さちこ）
昭和24年生まれ。東京都出身。
私立大学英文科卒業。
銀行では外国為替（事務）業務を行っていた。

記憶の扉―「生い立ちの記」より
母、その九十六年の記録

2024年11月15日　初版第１刷発行

著　者　花村 幸子
発行者　瓜谷 綱延
発行所　株式会社文芸社
〒160-0022　東京都新宿区新宿1－10－1
電話　03-5369-3060（代表）
03-5369-2299（販売）

印刷所　TOPPANクロレ株式会社

ISBN978-4-286-25936-9